너의 밤으로 갈까

시인의일요일시집 **028**

너의 밤으로 갈까

초판 1쇄 펴냄 2024년 5월 30일

지 은 이 김   휼
펴 낸 이 김경희
펴 낸 곳 시인의일요일

표지·본문디자인 노블애드
경영지원 양정열

출판등록 제2021-000085호
주   소 경기도 용인시 기흥구 연원로42번길 2
전   화 031-890-2004
팩   스 031-890-2005
전자우편 sundaypoet@naver.com
블 로 그 https://blog.naver.com/sundaypoet

ISBN 979-11-92732-19-0 (03810)

값 12,000원

너의 밤으로 갈까

김휼 시집

너의 귀는 비좁기만 하고
누구의 귓속에서 난 살아날 수 있을까
좋은 말들로 네 귀는 만석이라서
비집고 들어갈 자리 없어서
난 너의 밤으로 갈까 해
지켜 내지 못한 것들로 인해
몇 날을 지새우던 그때와는 달리
지켜 내야 할 것이
몇 줄 남지 않은 지금
반딧불이 작은 빛을 받쳐 주고
내 부실한 구근을 숨길 수 있는
깊고 비옥한 너의 밤으로

| 차 례 |

1부

2부

3부

4부

1부

식물의 시간

여섯 살 심장 위에 올려진
검은 돌

식물로 분류된 이후
아이는 한번도 입을 연 적이 없다

힘껏 내달린 시간이 멈출 때, 그 길 끝에서 안개는 피어올
랐다

여섯 살의 손과 스물세 살의 얼굴,
한 몸으로 죽은 듯이 누워 귀를 키웠다

출구 없는 침묵

희번덕 눈을 뒤집어 고요를 좇는 아이를 놓칠세라 어미는
잎사귀 같은 손을 붙잡고 시들어 간다

병실 창밖의 구름을 이불로 삼고 잠든 오후

어미의 눈물이
식물을 키우고 있다

퇴행성 슬픔

바람이 멈추면 내 슬픔은 구체적이 됩니다

봄 흙에 젖살이 오를 즈음 말문이 트였죠 태생이 곰살맞아 무성한 소문을 달고 살았어요 덕분에 성장기는 푸르게 빛났습니다

귀가 깊어 누군가의 말을 들어주는 일을 도맡았습니다
여름이 다 지나던 어느 날 번쩍, 하늘을 가르는 일성에 난청을 앓기 시작했습니다 그 후 만나야 할 사람만 만나며 살았습니다 해야 할 일만 하고 가야 할 곳만 갔습니다 말할 수 없는 일에는 침묵하며 지냈습니다

참는 게 버릇이 되어 버린 직립은 퇴행성 슬픔을 앓기 시작했습니다
구부러지지 않은 밤을 뜬눈으로 지새워야 했으며 뼈마디에서는 바람 소리가 들렸습니다 손가락뼈들이 뒤틀리고 있지만 경탄을 잃지 않으려 식물성 웃음만 섭취해 보는 데 오백 년이라는 치명적 무게를 가진 저로서는 피할 수 없는 강

이 있다는 것을 알았습니다

　가끔 은닉하기 좋은 새의 울음을 걸어 두고 몽상에 듭니다

　오늘은 청명, 누군가 시름 깊은 방에 들어 푸른 잎사귀 몇 장 머리맡에 두고 갑니다 시간이 갈수록 속으로 쌓이는 회한은 나이테를 감고 도는데 움켜쥐면 구체적이 되는 슬픔, 나는 지금 옹색한 옹이를 창 삼아 세상과 단절을 면하고 있습니다

　하늘이 신앙이 되는 것은 타당한 일입니다

에덴의 기울기

쫓기듯 떠나간 동쪽이거나
붉은 원죄를 간직한 당신 능선에 어둠이 내립니다

손끝에서 겉옷이 흘러내려요
알몸은 유혹적이에요 날로 먹고 싶은 경향이 있죠

칼과 사과, 승자와 패자는 목 가까이로부터 결정됩니다

드리거나 받는 형식을
둥글기라고 말할 수 있으려면 속으로 울 수 있어야 합니다

얼굴이 보이지 않는 사과를
사과가 아니라고 할 수 없는 밤입니다

에덴은 기울기가 심하고 굴러떨어진 뒤 특히 빛이 납니다

죄짓기 좋은 밤을
무화과 잎사귀를 떼어 가리고 가뿐히 걸어갑니다

눈먼 자의 달콤함과 새콤함으로
과실은 무덤으로 난 비좁은 길을 가고 있으나

너무도 붉어서 놓아 버린
반쪽, 당신의 사과

지평선, 가루는 선해요

물과 땅은, 건너뛰는 법이 없어요

그리하여 선線은 선善하다 할 수 있지요

더없이 극진한 선善에 이르고자 했던 그가

세상을 등지고 떠난 뒤

가슴에는 순긋하게 실금 하나 생겼어요

쉽사리 열리지 않은 입이었다가,

희비가 교차되는 문이었다가,

칼자국 흉터 같은 저 지평선은 이분할 수 없는 슬픔의
절취선

사라져 버린 윤곽을 되찾고 싶은 누군가

한바탕 활극을 벌이고 갔을까요, 바닥엔 핏물이 번지고 있네요

 어디로 향하는 화살표인지 새 한 마리 부리를 앞세워 날고

 어렴풋한 밑줄 위로 빈손의 저녁이 몸을 누여요

사라지는 기뷰, 살아지는 기분

지는 해를 보고 싶어 차를 달렸다
색들이 한 방향으로 고여 떠날 준비를 하고 있었다
출구로 돌아가는
입체적인 엔딩은 꽃들의 무덤 같았다
아니 불을 먹고 영생을 갖게 된 불새의 기염이었다

문득, 불편한 속을 들여다보던 어느 한 날이 떠올랐다
무표정의 의사가 링거 줄에 무언가를 투여하자
나를 두고
아득히 내가 사라지는 기분
누군가 흔들어 깨워 겨우 나에게 돌아오던

노을을 오래 바라본다
마음 첩첩 흐르는 붉은 핏물은
사라지기 좋은 성분을 가졌을까

출구를 찾고 있는 이 있거든
노을 앞에 서 보라

나를 두고 사라지다, 살아지는 야릇한 이 기분
저 노을을 능가할 출구는 없다

침묵의 문장들

붉은 말을 가진 자목련의 결심에 대해 생각해 봅니다

마디로 하늘을 세우는 대나무 자세에 사무칩니다

나무 아래서 아버지 기울어진 오른쪽 어깨를 떠올립니다

멈춰 있는 바퀴의 참을성이 궁금한 일요일

탱자 가시 사이로 핀 꽃의 질서는 말에서 날 멀어지게 하고

어둠 속을 뻗어 가는 뿌리는 절망에서 멀어집니다

종일 하늘을 품다 저무는 호수는 일기장에 무엇을 쓸까요

굳어지면서 생기는 저 고요의 층위

바위의 밀린 숨에 귀를 기울여 봅니다

봄의 입구에서 열리지 않는 문의 안쪽을 생각하다

애매할 때면 침묵을 앞세우는 말의 처지를 헤아려 봅니다

돌의 기분

울음을 재운 돌 속에선 종종 주먹이 나옵니다

구르다 닳아진 돌이 숨겨 놓은 모서리를 알고 있나요

나는 모서리를 숨기고 구르는 돌
아무도 거들떠보지 않는 곳에서 구르다 차이기 일쑤입니다

그것은 돌이 새가 되는 기찬 방식
더러운 기분이 표출되는 허공엔 멍투성이입니다

때론 부적절한 사랑에 나를 던지기도 합니다
기운 사랑의 종말 앞으로 끌려온
울고 있는 여인이여, 치욕을 줬다면 미안해요

아무 데나 굴러다닌다고 중정中正이 없는 건 아닙니다

공개할 수 없는 기분을 안고 바닥을 굴러도
구르다 차이고 다시 굴러도

골리앗의 이마를 명중시킬 단단하고 야무진 꿈은 쥐고 있
어요

가끔 부싯돌이 되어 당신 심장에 불을 켜고 싶은 나는
모서리를 숨기고 구르는 돌

종주먹으로 종종 오늘의 기분을 대신합니다

달을 위한 레퀴엠

질문처럼 솟은

봉우리가 어둠에 묻히는 그믐이 되면

우린 원점으로 돌아가지

상처를 쥐고 꿈 밖 쓸쓸한 허밍으로 사라져 간 초승

절반의 실패를 살던 하현의 등엔 절벽만 놓이고

더는 밀려날 수 없는 그믐이 되면

꽃잎 흩날리는 꿈들은 검은 밤에 묻히지

삭망의 주기는 본래의 나로 돌아가는 동안이야

그믐을 거쳐 간 이들이 이구동성으로 말하는 농담들

너를 위해서라면 저 하늘의 달도 따다 줄게,

계수나무에 앉아 떠밀려 간 꿈들을 무망하게 바라보곤
하지

은쟁반 위에 차갑게 식어 버린 농담

당신이 구두를 벗지 못하는 지금 이 순간에도

번지고 흘러 만월의 끝에 닿는

그믐이 되면, 세상 모든 농담은 어둠에 묻히지

만장을 두르고 내려오는

붉은 눈의 토끼들 쓸쓸히 짓무른 만가를 부르지

알리움 알레고리

알 리, 없습니다

수만 개의 꽃을 뭉쳐 하나의 꽃숭어리로 퉁치는 조물주의
내력

매운맛을 숨기고 활짝 펼쳐 보이는 환대의 깊이와
무한한 슬픔이라는 꽃말을 가지고 벙글어진 저 웃음 사이
가 얼마쯤인지

나는 알 리, 없습니다

벼린 내 모서리들이 둥글어지고 있는 건 고요의 힘인지 짚
을 길 없는 허방의 힘인지

수반水盤에 일 지주로 서 있는 알리움의 위엄이 왜 이런 감
정을 유발하는지
유발 하라리가 왜 입에서 갑자기 툭, 튀어나오는지

기분 따라 바뀌는 내 생각의 반경을 나도 알 리, 없습니다

안다고 하는 것이 진정한 앎인지
알 사람은 다 아는 일을 나만 모르고 있는 것과
내가 알 정도면 모르는 사람이 없다는 사실은, 아는 것 사
이가 귀와 입처럼 멀고도 가깝다는 것

구근으로 번식하는 것들은 매운 울음을 왜 뿌리에 숨기고
있는지
맵다는 걸 알면서도 벙글어진 웃음에 자꾸 걸려 넘어지곤
하는 나는 알리움의 후예일까요

여러 겹의 표정으로 둘러싸인 호모사피엔스
어디쯤에 마음을 두어야 위험이 비켜 갈지 알아 알음알이
를 짓는 인간들
끝까지 살아남기 위해 호모사피엔스는 정말 뒷담화를 만
든 걸까요

문득, 알리움에서 유발된 엉뚱한 표정의 서사
알 리 없는 물음에 방점만 커져 갑니다

꽃게에게 해명의 시간을,

어리숙한 변명이 자라기 좋은 우기입니다

엄마는 이름 속에 꽃씨를 심어 주고 먼 길 떠났죠 그 뒤로
누군가 내 이름을 부를 때면 조금씩 눈을 뜨는 마음, 꽃이 되
는 꿈을 꾸며 살았어요 꽃, 얼마나 세상 환해지는 말인가요
건기가 오기 전 서둘러 꽃 피우기 좋은 환경을 찾아야 했어요

변명은 측면을 사랑하는 사람들의 말

비경 속엔 항상 복병이 있듯 꽃자리 옆에 턱, 하니 자리하
고 있는 것이 게, 라니요 꽃과 게는 좀 아니지 않나요 개나
소나, 게딱지, 아무렇게나 살아도 될 것 같은 낱자 하나가
목구멍에 걸려 넘어가지 않아요 불면의 밤을 보내며 절반
의 실패와 절반의 성공을 가진 이름을 궁굴렸어요 그렇지만
뭐, 다시 신발을 찾아 신었죠

카이로스 시간을 걸었어요 측면을 보며 가는 여정은 끝말
잇기 같아요 예술적인 속도, 발목의 장단에 맞춰 춤을 추다

옆길로 새기도 하고 지나가는 트럭에 집게발이 잘려 나가기도 했어요 밀려가는 자막 속 이름을 다 읽지 못하고 떠나보내듯 몇 번의 계절을 그렇게 보냈죠 그러다 스텝이 엉키는 길섶에서 문득, 기준은 나여야 한다는 엄마 목소리를 들었죠

　옆으로 걷는 일은 슬픔을 밀어내기 좋은 방식이에요

　발이 많아도 앞으로 갈 발이 없는 나에게 정면의 삶은 신기루예요 화려한 조명도 색종이 흩날리는 무대도 나를 스쳐 갈 뿐이죠 발밑엔 꽃이 지고 있지만 기착지는 까마득합니다 크리스마스가 되어도 제가 보이지 않거든 이해해 주세요 꽃을 안고 세상의 측면을 다 읽어 낼 때까지 풍경 속을 걸어야 한다는 걸, 확고한 신념 같은 게딱지 속에 붉은 속살을 숨기고

　딸각딸각 걷는 내 구슬픈 워킹을,

花요일의 향기

어쩌면 나는, 감미롭게 넘어지는 허방

내 운명은 빈 요일로 당신을 끌어들이는 것
끊어질 듯 이어지는 숨결로 길을 튼다

눈을 감고 바람에 몸을 맡기면
보드라운 살결이 만져질 것 같아, 피어날 것 같아,
깊은 잠 너머에 웅크리고 있는 너에게 닿을 것만 같아,

길을 내듯 천천히 숨을 들이마신다
익명으로 내색 없이 빨려 오는 정령들
사라져 간 장미의 영혼이 곧 돌아올 것도 같은데

현기증이 고백처럼 피어나는 花요일
향기는 존재하는 것들의 영혼이라서*
절로 눈 감게 하는 부드러운 회유라서
무취의 공포 앞에 부르르 몸을 떨어야 했다

알전구들 낡은 소문 불러내는 밤거리에
한 방울로 요약된 꽃다운 일생과
존재 없이 설레었던 장미의 한때가 스쳐 간다

이젠 흉몽을 벗고 넘어진 나를 일으켜야 할 때

꽃무덤 속에서 살아남은 영혼의 향내를 맡으며
휘발된 당신에 대해 이야기할 때

* 영화 〈향수〉의 대사를 변용

침묵의 음표

그 문이 닫히자 난 빈 들이 되었다

도무지 향방을 모르겠는 들에서
세미한 소리가 있는 곳을 향해 걸어갔다
어둡고 거친 골짜기
협곡을 지나 안으로 들어갈수록
경계를 감싼 고요는 단단해져 있었다
언제나 있어 한번도 없었던 대면 앞에
오래 세워 둔 나는 조금씩 허물어지고
낮달 하나 덩그러니 걸린 사막이 보였다
사막의 무늬는 바람의 독백이었나,
바람 따라 부드럽게 움직이는 입술
한 계절 차고도 넘쳤을 무성한 말들이
입술을 건너 고요 속에 묻힌다
모래바람 지나간 길의 갈래마다
침묵의 관을 쓰고 묵상에 드는 광야
내 속의 소란을 다 비워야
담을 수 있는 말이 거기 있었다

들리지 않은 노래를 들을 수 있었다
두 줄기 현으로부터 흐르는 마두금 선율에
사막을 건던 낙타 무릎은 방향을 돌리고
생각의 줄기에 매달린 음들이
헝클어진 매듭을 풀어놓는다

온음의 말씀이 빈 들을 채운다

초사흘엔 할단새*가 떠올라

내 꿈을 누가 헐어 버렸나

내일이면, 집을 지어야지
작은 창을 내고
밤을 지새울
페치카도 만들어야지

길게 뻗은 그대 팔을 베고 누워
이국의 신화를 들으며
별을 셀 거야

상한 영혼 어루만지는 바람을 위해
물고기 한 마리 풍경으로 달아도 좋겠지

구름 한 점 없는 설산에
활강하는 어둠

고산의 밤은 왜 이렇게 날카로운 거야

잡초가 무성한 뜰이어도 좋겠어
세상의 모든 꽃잎이 노을로 지는
그런 둥지를 지어야지

흰 구름 그러모아
꽃 속으로 들어간 신들을 불러
희고 둥근 알을 낳을 거야

결단의 꼬리를 잘라
금줄도 쳐야겠어

쪽문마다 노란 등을 켜 두고
바람의 동거는 허용할까 해
비극에 날개가 젖지 않아 가벼워진
내일이면, 집을 지어야지

아름다운 작심처럼 반짝이는 별
그래 내일이면,

완전무결한 집을 지을 거야

안개 사이를 절뚝이며 걷는
내일이 오면,

*내일은 반드시 둥지를 지어야지, 굳게 다짐하지만 햇살이 드는 아침이
면 결심이 사라지고 만다는, 히말라야 전설의 새

2부

숨 속에, 움 속에, 툼

이건 코끝의 이야기
들숨과 날숨 사이에 숨겨진 검은 웅덩이
두터운 어둠에 대한 이야기입니다

나는 그곳에서 유영하던 물고기였어요
지느러미 살랑이며 바다와 하늘을 횡단했지요
싱싱한 꿈이 마를 날 없던 연못에 구름이 내려오던 날
아찔한 깊이에 별빛을 세워 놓고 엄마는 사라졌어요

보이지 않게 존재하는 것들은
사이를 갖고 있어 순간을 낚아채는 힘이 세지요

매일 코끝에서 증식하는 숨결이 밤이면 검은 웅덩이를 만
들었어요
한도 없는 깊이에 빠져 허우적거리는 사람들

이봐요, 부디 코끝의 숨을 믿지 말아요,
자궁을 뒤집으면 무덤*이 되고 마는 불편한 진실

아침이면 콧노래가 그것들을 옹호해도
어둠이 일제히 입을 여는 순간 명랑은 딱, 거기까지랍니다

죽을힘을 다해 웅덩이에서 나와 본 사람은 알아요
물 위를 걷지 않아도 땅을 딛고 선 두 발의 직립이
누군가의 죽음으로 삶이 된 오늘이 기적이라는 것을요

시작의 끝과 끝의 시작에서 꺼내 본
깨인 꿈 밖의 꿈같은 이야기

하늘을 향해 시작된 들숨과
하늘을 향해 끝나는 날숨 사이 숨겨진 웅덩이 이야기
지루했다면 용서하세요

* 자궁(움, womb), 무덤(툼, tomb)

마트료시카

그림자 없이 살았다

붓끝으로 올려놓은 입꼬리 때문에 내 몫의 슬픔을 갖지
못했다

기분 따라 원망은 둥근 집을 짓고
천변만화의 묘술을 보이며 안으로 소용돌이 잠재우곤 했다

넘쳐날 듯 많은 나를 가둔 나와 하나로 귀결할 수 없는 나
사이에 놓인

그늘은 시든 어제와 내일의 오차

열두 개의 어둠을 지나, 통증으로 희어진 자작나무 숲을 지나,
빗장을 연다

곁이라는 바깥은 얼마나 깊은 고독인지

무엇이든 오래되면 자세가 된다는 걸 알기에 서로의 표정을 모른 체해야 하는 지금, 한 겹 이면의 틈으로 먼지를 털어 낸다

　나무의 자세로 구석을 견디던 그림자
　희미한 왼쪽을 향해 고개를 돌린다

이를테면, 페르소나

죽도록 사랑하는 이유가 되었던 것들이
죽도록 미워하는 이유가 되어 버린 연인이 마주 앉아 저녁
을 먹어요

미워할 힘이 사라지지 않길 바라며 육즙 흐르는 고기 한 점
시들어 버린 믿음이 아쉬워 싱싱한 샐러드 한 입

깊이를 잴 수 없는 한 방울 영롱한 자존심이
서로의 눈빛에서 차갑게 반짝이다 사라져요

꿈에서 자주 길을 잃는다는 여자의 수다에
뒤집어야 할 때를 놓친 스테이크에서는 연기가 나요

이쯤에서 환기구를 열어야 하는데
방치된 시간에는 냄새가 배어요

풍경을 섬기는 일로 경계가 지워진 통유리 밖으로는
철새들이 먼 길을 떠나고 있어요

밀보릿빛 조명이 환하게 부풀어 오를수록
감쪽같이 꼬리를 감춘 그림자들이 심연에서 키를 키워요

거짓말을 고이 덮은 행거칩을 섬뜩하다 하려다 섬세하다
고 말해요
설핏설핏 보이는 바닥을 아찔하다고 하려다 아름답다고
해요

와인 잔을 들고 오던 웨이터가 허리를 굽히고 가요
문득 어떤 겸손은 굴욕을 견디다 굳어진 자세 같다는 생
각을 해요

마스크의 앞과 뒤는 무한정의 나락

조화로운 일치를 꿈꾸는
전체인 나와 부분인 나 사이로 추문이 고이고 있어요

네트멜론

유효기간이 꽤나 길 것 같았다

던지듯 상자를 내려놓고 남자는 방으로 들어갔다
꼬투리에 남겨진 뒤끝이 아직은 싱싱해 보여 실온에 그냥
두기로 했다

며칠이 지나도 실마리는 보이지 않고
결속이 끊긴 몇 가닥 올이 나풀나풀 우아한 워킹을 가로
막았다

상한 감정을 축으로
거실과 안방 사이에 네트 하나가 세워졌다

어쨌거나 자발적 면벽을 요하는 네트의 결계
엇갈린 실선에 숨어 경계 밖으로 서로의 그림자를 밀어낸다

구석을 노리는 서브를 받아치고 싶은 밤
물어뜯긴 잠을 뭉쳐 네트 너머로 보낸다

주고받아야 하는 것은 공만이 아니다 힘주어 던진 말이 커
브로, 강한 직구로 꽂히며 빈 가슴을 후려치고 튀어 오른다

　칼로 물을 베는 듯한 이 무모한 경기는 마침표가 없어서
　오밤중이 되도록 탐색전은 끝날 기미가 없는데

　둥근 속셈이 오가는 소리 들으며
　골몰한 자세로 침묵하는 동그라미

　숨 살이 흘러들던 꼬투리를 잘라 싱싱칸에 넣는다

　상처에서 물큰물큰 단내가 풍긴다

새라는 문장

새는 바람이 쓰는 문장
울음의 외적 범주에 속합니다

아무것도 쥘 것 없는 나무가
쓸쓸한 영혼으로 흔들리는 오늘 같은 날은
움켜쥔 것들 잠시 내려놓고
메아릴랑 미련 없이 돌려보내요

다툼 없는 꽃차례로 계절이 오듯
천둥과 번개는 이 계절 화서의 배열 같은 것

세상의 중심은 당신 발이 딛고 선 그곳입니다
지구 반대편에서 일렁이는 파도도
당신 손짓과 무관하지 않아요
그러니 바람 불 땐 힘을 빼고 새를 펼쳐요

잘 보면 날개 안에 추신이 있는
새는 지상으로 띄우는 편지

가지들 흔들리는 숲에서
아닌 척 눈 감는 나무의 쓸쓸한 영혼이
당신께 보내는 바람의 외전입니다

몰염치

잠이 멀어지고 있습니다
비로소 탁란의 계절이 온 것입니다
숲의 둘레엔 불안한 울음으로 가득 찼습니다
집에는 지붕이 있어야 한다는 말을 흘려들었죠
어느 구름에 비 들지 몰라,
어느 알 속에 뻐꾸기 새끼 있는지 몰라,
둥지를 우긋하게 다녀가는 구름
헐벗은 유전자를 물려받은 나는
집 없이 사는 법을 일찍 터득했습니다
바람 앞에 구름은 왜 머물지를 못 하는지
공갈젖꼭지를 물려 두고 엄마는 왜 돌아오지 않는 건지
알아도 알아도 모르는 것투성이인데
훔쳐 먹는 사과는 왜 이리 달콤한지요
물색 잃은 사랑에
긴 잠의 본능이 눈을 뜨는 밤
가차 없이 내몰린 진실을 감추기엔
포식자의 배후는 너무도 얕습니다
휘어진 등골을 뽑아 둥근 난막을 찢으면

붉은머리오목눈이 갓 나온 싱싱한 울음
충실한 본능이 몸집을 키우는 사이
누룩뱀 한 마리 느릿느릿 풀숲을 지나갑니다

침차하게 불사르기

향기로운 추락을 받아 주세요
오늘의 헌제자는 지상에 못 박힌 순전한 육체

텅 빈 공중과 땅 사이에서 무희들 춤을 추고 있네요 한번
의 춤으로 절명의 순간을 가벼이 즈려밟는 발끝, 그것은 또
다른 구원의 서막일까요 기댈 곳이라고는 없는 노숙의 잎들
이 공중의 달뜬 감정을 끌어내리고 있어요

어디로 가는지도 모른 채 한 음보로 뜨거운 계절을 지나
온 새 한 마리 보이나요 그 또한 한 잎 몸밖에 없는 가난한
자의 제물이지요

허물어진 계절을 건너는 동안 수북이 쌓인 여백들 날개도
없이 먼 곳을 날아가는 잎새들의 방향으로 지상의 모든 색
이 고이고 있네요

순전한 피로 저녁을 물들이면 떠나간 새들이 돌아올까

이젠 몸으로 불 밝히지 않아도 좋을 당신의 계절
새가 스러진 자리 허밍처럼 연기는 피어오르고
한 생을 떨군 검은 점 위로 여린 햇살이 내려앉아요

당신이 왔던 처음과 떠나간 나중,
원주율을 가지고도 풀 수 없는 이 간극에서

몸을 빠져나가는 발소리, 듣고 있나요 당신,

슈뢰딩거의 고양이

아무것도 할 수 없었어요

누군가 머물다 떠나고 있다는 것을
어렴풋이 짐작하는 일만 가능할 뿐
타협할 수 없는 두 죽음 사이에 나는 끼어 있었죠

내가 좇던 무지개는
주인을 물고 날뛰는 무지한 개의 비명
반짝인다고 생각했던 별들은
굶주린 하이에나의 눈빛이었죠

공포는 고요하게 네모난 방으로 내려왔어요
상자 안에 갇힌 어둠이 나인지 내가 어둠을 가두었는지
앞뒤 없는 나날이 서성이다 지나갔죠

달라붙는 두려움을 털어 내며 가릉거리는 동안
열두 고비를 넘던 시간은 차분하게 오른쪽으로 죽어 나갔죠

서로를 비추며 떠나는 고전적 이별을 선호했지만
당신이 흔들던 손목의 템포도 기억하지 못해요

어느 쪽을 택해도 만나는 동그란 울음을 가졌는데
죽은 듯 산 듯 황홀한 이 기면을 공포라 믿었던 것은 나의
실수

그거 알아요? 날카로운 비명을 삼킬 용기가 없다면
어두워지는 일에 우린 익숙해져야 해요

혼돈의 모서리에 앉아
죽음 사이 끼어 있던 질문들이 답을 재촉하는 밤

눈 감아야 선명해지는 것들이 늘고 있으니
죽어도 난 살았다 할 수 있을 겁니다

석류

차마 열지 못하는 입이 있다

첫해의 꽃으로 열매를 맺은 뒤란의 석류나무
조급함을 뭉쳐 고요를 매달았다

색종이로 접어 세운 결심이 태풍에 와르르 무너져 내린 여름이 지나고
여행자의 사소한 인사말에도 붉어지는 가을 지나, 막다른 길의 설움 가슴에 번지니 시린 독백 알알이 새겨넣는다

부리 끝에 묵직한 어둠을 달고 건너온 날들, 정의는 승리자의 전유물이 되어 버린 지 오래, 말이 되지 못한 무수한 알갱이들 속으로 핏물이 고였다

이보다 더 큰 비명이 있을까

속내를 들키지 않으려 묻어 둔 부리를 햇살이 찌르고 달아나자

암막의 날들을 견디던 적요의 구간으로 와르르 쏟아지는
묵음들

　눈 질끈 감기는 묵시의 말씀이 붉은 심장을 쪼갠다

늑대거미

무른 시간 위에 주추를 놓는다

알집에서 꿈틀거리던 야성이

줄을 타고 흘러나온다

고도를 따라 꺾기를 달리하며

숨죽인 바깥을 잇는 둥근 직선

그물코가 분절될수록 지상의 꿈은 아득하다

중심을 돌며 틈의 밀도를 재는 눈빛에서

고집스러운 어둠이 쏟아진다

물려받은 건 똥구녕으로 뽑아낸 한 가닥 줄

끈적이는 집착으로 씨줄을 긋고

홑눈의 열망으로 날줄을 긋는다

아가리를 벌린 저녁이 경계를 삼켜도

미동 없이 줄을 엮는 사내

상처 따윈 개의치 않은 지 오래다

기다림이 흰 꽃을 피울 때까지

팽팽하게 당겨진 침묵 끝에서

두 귀를 숙주 삼고

자오선을 따라 감지되는 연분홍 파장을 읽는다

쉿, 흥분은 형틀

활짝 열어 둔 고독의 빗금 안으로

힐 소리 낭랑음이 흘러드는 순간

포획당한 청춘!

허공을 딛고 사는 생에 연습은 없다

달과 흰개미와 사막의 우물

여기는 의혹의 눈빛이 따가운 나미브사막
아무도 모르게 풀의 목을 따는 킬러들이 있다
사막에서 실패하는 죽음이란 없다고 여기는 그는 킬러들
의 사수
달이 기울어지기 시작하면 밤의 갈피에 몸을 숨기고
구석진 어둠을 오려 복면을 한다

음각된 물그릇 위에 구름을 담아 황야는 건투를 빌어 주
었다
오늘은 월식,
발끝을 세우고 꼬리에 꼬리를 무는 방식으로 잠입하는 킬
러들
풀의 목숨은 한낱 순명의 회로일 뿐이라 여기며
강한 턱으로 풀의 목을 자른 뒤 어둠 속을 빠져나간다

킬러들의 둥근 발자국 요정의 원*은
가뭄 든 마음이 피워 낸 사막의 우물

죽어야 사는 생의 진리를 흰개미들은 어떻게 알아냈을까
먹구름의 힘을 빌리지 않고도 우물을 갖게 된 흰개미들
달을 향해 손을 흔든다

건기를 지나는 바람을 타고 킬러들의 행렬이 몰려온다

온갖 잡초가 무성해져
물 한 방울 고여 있지 않은 사막 같은 당신 마음속으로
쉿, 달이 기운다

* 아프리카 나미브사막에는 수백 ㎞에 걸쳐 지름 10m가량의 원형 무늬
가 끝없이 펼쳐진 '요정의 원(fairy circles)'이 있다. 원의 테두리에는 다년
생 초목이 있고 원의 내부는 아무런 식물도 자라지 않는 황무지다. 추측이
무성한 이 무늬의 비밀은 원형 안의 식물을 흰개미가 갉아 먹어 죽게 만드
는데 이 결과 식물이 사라지며 수분이 땅속에 축적된다는 것이다.

선,

꽃의 환부가 도려졌다

창조적인 안부가 오가는 수요일, 둥근 직선을 갖고 싶은 사람들의 거친 선 긋기는 땅을 딛지 못하는 소녀상의 발끝에서 멈추었다

밤이면 짐승처럼 긴 울음 한번 울고 꺾인 향기를 오래 응시했다 잠들지 못한 그림자 뒤에서 나비는 날개를 파닥였다

지평선을 그어 놓은 곳에서 아지랑이 일렁일렁, 어디로 가는지도 모른 채 작은 배에 몸을 실은 꽃들, 몰려오는 폭풍에 맞서며 토막 난 정신을 붙들었다

분질러진 꽃송이를 줄기차게 밀어 올리는 꽃대의 방식으로 하룻밤이면 한 움큼씩 빠져나가는 희망을 뒤집어 빗금을 그었다

귀룽이가 잘려 나간 숲의 초목은 하르르 몸을 떨었지만

염치없는 새들은 붉은머리오목눈이 둥지를 찾아 둥근 알을
낳기도 했다

흑심이 쓰윽 훑고 지나간 나는 내부로 전진하는 부호

당신이 꽃으로 왔던 동쪽에서 향기로 떠나간 서쪽까지
그림자 들지 않는 윤필로 도려낸 꽃의 시간을 이어 본다

풀뿌리 두드리다 스며드는 빗방울의 낮은 형식으로
젖은 생을 끌고 가는 한 줄 착한 문장으로

설합舌盒

　어둠을 오려 불안을 덮었다

　들어앉아 귀만 키우는 나를 고집 세다 타박했지만 살다 보
면 전해 주지 못할 말이 있는 걸 알기에 대구 없이 입을 닫았
다 내 이름은 고요에 가까웠으니, 이름대로 산다고 했으니,

　가두고 지키는 일에 생을 걸기로 했다

　당신이 나를 열 때면 솜털이 돋았다 설레는 약속을 지닌
것 같아 활짝 핀 꽃보다 봉오릴 좋아한다는 말에 간직할 것
이 많은 나는 가슴이 벅차올랐다 기쁨도 유통기한이 있었
나, 영원히 지킬 수 있는 무엇은 없다는 걸 알았지만 지붕을
잃고 싶지 않아 각진 어둠을 붙잡고 주문을 외웠다

　오블리비아테, 오블리비아테*,
　가둘 수 없는 것을 지키며 불안을 다독이는 나는
　오늘도 무사히 낡아지고 있다

　*나쁜 기억을 지운다는 뜻의 주문

3부

화살나무와 붉은 과녁

불을 단 화살나무 한 그루 내 뜰에 있다

먼 기억 속을 떠돌다 눈 찔러 오는 통증이랄까 붉다, 라고 말했을 뿐인데 목메어 오는 것은 먼 곳으로부터 물드는 가을 나무들의 습성 같은 것

아무도 모르게 붉어지는 이름 하나가 가슴에 동심원을 그리며 빠져나간다 그 틈을 놓칠세라 금방이라도 당길 기세로 비애를 메운 화살나무, 과녁을 향해 당기고 겨누고 관통한다

하르르 꼬리를 떨며 그는 외딴 기슭에 날아가 박혔다 잠시 빌린 날개에 묻은 검은 피, 동의 없이 지는 일과 떨어져 나간 곳에서 돋아나는 시작을 지상의 철학은 어찌 입증하려나

남겨진 자의 빈 가슴을 겨누는 화살나무와
끝 모를 바닥을 걷다 중심의 경계가 흐려진 과녁

팽팽하여 뻐근한 궁수의 계절이 깊어지고 있다

부재

긴 목으로 빈 병이 서 있다

속이 훤히 보이는 참이슬 빈 병에 간장을 붓는다
개별로 찬란했던 이슬이 검은 어둠을 순순히 받아들이는
동안

상반된 조합이 얼마간 충돌을 일으켰다

미역국을 끓이며
사람으로서는 할 수 없는 일들을 생각하다
맑고 투명한 이슬이 검은 어둠이 되는 속도라든지 누군가
의 생에서 어둠은 빛보다 더 빛난다는 사실을 알지 못했음
을 괴로워했다

빛을 담아 우릴수록 검어지던 간장독이
오래도록 빛을 품고 깊어지는 사이
극단적인 맛을 즐기던 이들의 혀도 순해져 갔겠지
시나브로란 이럴 때 필요한 말

조금 전까지 빈 병이었던 참이슬 뚜껑을 연다
간장 한 숟갈이 더해지니 감칠맛 나는 미역국

곰삭은 어둠의 맛에 울컥해지는 오늘
나는 빈 병의 긴 목이 된다

억새

억, 이라는 다소 격한 이 말은
누군가의 호된 가격에 쓰러지며 쥐어짜는 신음이거나
반짝이고 있는 이의 압도적인 몸값이거나
무한히 길고 오랜 시간의 벽
어쩌면 억, 은
노호한 피격음과 함께 무너져 내리는 중심일지도

반면 새, 는 그래요
비워 내는 힘으로 날개를 얻은 꿈의 완성이거나
지상과 하늘 사이
울대 가득 울음을 담고 비탈길을 내려가는 이들에게
신탁을 전하는 신의 대리자

극명하게 대립되는 억과 새가 만나
눈부신 날개를 얻게 되었네요

맥락 없는 독백이 길어지던 날
쓸쓸함이 오름직한 언덕쯤에서

꽃차례로 피어나는 슬픔을 보거든
나지막이 그 이름 곁에 새, 라는 말을 우리 붙여 주기로 해요

할미새, 슴새, 억새,
헐거나, 헐한,
격하게 파고드는 통증의 음절들로 피눈물이 날지라도
날개를 달고 신탁을 말하는 새가 그 곁에 내려앉으면
억겁으로 뭉쳐진 고통도 말랑해질 수 있을 거예요

부푼 깃털이 나부끼는 언덕에서
바람이 불기 시작하면 날기 시작하는 은빛 억새들
쏟아지는 울음을 물고 날아오르네요

불 꺼진 얼굴

무릎이 내려앉은 차 한 대 골목에 놓여 있다

한때 거친 비탈도 단숨에 오갔을 생기는 어디론가 사라져 버리고 쪼그라진 불안만 납작 엎드렸다

빈사의 몸으로 가야 할 곳이 더 남아 있는지 부식된 방향을 끌어안은 골반이 한쪽으로 쏠려 있다

수만 킬로의 기억을 밀어 넣은 계기판 위에 내려앉은 먼지는 지나온 행적을 지우고 누군가 긋고 간 늑골에서 붉은 녹물이 흘러내린다

길이 막혀 갇혀 있던 날들

갈라진 뒤꿈치로 길을 닦던 그녀는 골 깊은 주름 속에서 토막길 하나씩 꺼내 보였으니 멈춰 버린 시간을 암울이라 단정 짓지 말자

어쩌면 저 붉은 녹물은 완주자의 이름 아래 그어진 밑줄

백미러는 갈라진 시간을 움켜쥐고 있는데 바람을 실고 달리던 호시절은 여기까지라고 꺾인 무릎을 풀고 길게 누운 그녀

두 눈에 불을 끄고 긴 잠에 든다

머뭇거리는 침묵

그녀는 한없이 가벼워지고 있었다
머리맡을 맴돌던 숫자들이 사라지자
문을 열고 침대 하나 들어온다
직립을 휩쓸고 간 바람이 울대에 갇혔는지
사내가 입을 열 때마다 쇳소리가 새어 나왔다
서로의 기척을 어루만지는 숨결
깊어 꺼내지 못한 말은
침묵이 되어 촛농처럼 굳어 갔다
필사적인 몸짓으로 어둠을 밀어내는 어미가
꺼져 가는 심지에 불씨를 돋우듯 눈을 뜬다
붉어지는 숨이 마주치는 순간
늦봄 찔레꽃 같은 웃음이 둘 사이에 피어난다
말로써 하지 못할 말이 있어 침묵마저 머뭇거리는데
서로를 새겨 넣는 시간은 그리 오래 걸리지 않았다
입 안에 머물던 입엣말이 멈추고
아들보다 하루만 더 살겠다던 꿈을 이루지 못한 채
한 호흡 한 호흡 삶의 계단을 내려가던 그녀가
아들의 눈 속으로 모습을 감추었다

공중을 뚫고 따라가는 거친 쇳소리
난 그만 고깔모자를 바닥에 떨어뜨렸다

물의 혼례

— 두물머리

산을 능가하는 어느 사랑이 있어
반쪽의 몸을 끌고 오는 것이냐
굽이쳐 온 두 물이 합쳐질 때마다
물은 지문을 하나씩 만들어 낸다
얽히다 스미는 합수는
반쪽을 가진 이들의 사랑 방식일까
물의 혼례를 훔쳐보다
느티나무 그늘 아래 물의 것들 태어나고
어느 뜨겁던 밤엔 건너편의 섬 하나
다산을 꿈꾸는 두 물의 아찔한 체위에
흰 왜가리 몽유의 시간이 깊다

삼백예순날을 달려온 북쪽의 그녀와
건들거리는 걸음의 그가 만나
양수리에 아름다운 집을 지어 집들이 간다
머물지만 머문 적이 없는 물살 같은 그를
도닥이며 품고 사는 동안
그녀 몸속 깊은 곳에서

밤이면 자갈 구르는 소리 들렸겠다
넘치도록 주는 일에 익숙한 사람은
가슴 가득 돌을 가진 사람
두 물의 혼례가 이루어지는 양수리
안개는 피어 줄곧 눈을 가린다

정령치의 봄

돌이키고 싶은 날엔 홀로 정령치

정령, 이라는 말엔 얼마나 시린 바람이 들어 있는지, 뜨거운 게 중심을 지나가는지, 발아래 세상을 두고 있는 이곳에 길을 낸 것은 그리움이거나 이데올로기

벗어날 수 없는 것들로 령嶺은 여전히 첩첩하다 간곡하게 매달린 길의 멱살을 쥐고 있는 비탈은 얼마나 많은 계절의 목숨을 위협했을까 피아골, 뱀사골, 골과 골의 결계에 정령치가 있다

파르티잔의 눈빛같이 서늘한 이름을 가진 골짜기로 밀고 오는 봄, 감싸 오는 연둣빛에 그 옛날 피 튀기며 싸우던 흔적은 어디에도 찾아볼 수 없다

살다 보면 누구나 넘어야 하는 가파른 고갯길을 자전거로 오르는 사람들이 보인다 이념을 뒤로한 채 굴러가는 명랑한 바퀴들, 피 없는 세상을 꿈꾸던 영혼들 돌아갈 길을 잃고 묻

흰 곳엔 하냥 꽃들 피어나고

  정녕, 선택으로만 치부할 수 없는 붉은 한때를 지나온
세월
  감았던 눈을 뜨듯 나무들 초록불 켜 들고 온다

외딴 문장으로 남은 저녁

기다림을 한 줄로 요약하면 골목이 남는다

주어 같은 집이 없어도

애교를 잃지 않고 사는 길고양이 골골송 울려 퍼지고

담벼락에 쪼그리고 앉아 햇살로 몸을 쬐는 사람들

주고받는 끝말잇기가 싫증 날 때쯤

꽁무니로 뭉게구름을 쏟아 놓고 떠나는 소독차는 부록
이다

담장 너머 호명의 순간이 오면

발끝을 공중에 묻고 뜀뛰던 아이들은 집으로 돌아가고

외딴 문장으로 남게 되는 골목길

해가 설핏할 무렵이면 찾아오는 그리움으로

골목을 길게 펼쳐 들면

웃음소리 맴도는 길 그 끝에 돌아갈 내 집이 보인다

텅 빈 꽃자리에 그만한 게 있을까

텅 빈 심전心田에 꽃만 한 게 있을까
마른 잎사귀 같은 그녀가 보행차에 달리아를 싣고 간다
몸 헐어 피운 자식들 어디서 벙글어지나
꽃잎을 읽는 눈동자에 꽃받침이 지고 있다
끌고 오던 것에 끌려가야 한다면
그래, 또 그렇게,
회전하는 생의 축은 늘 꽃이었으니
일생 꽃길을 돌아서 왔으니
깜박거리는 초록불 말미에 보행차 하나 미끄러지듯 간다
온몸이 굴러온 바퀴 같은 시간
나를 빠져나간 것들로 비칠거리는 걸음 있거든
수레 중심에 꽃을 실어 볼 일이다
텅 빈 꽃자리에 어디 그만한 게 있을까,

혀끝에 피는 꽃

빗나간 말이 화살촉으로 스쳐 간 뒤

구순□脣의 영토를 가진 농부는
고운 말의 씨를 체에 거른다
상흔이 남아 있는 자리
작은 눈망울 같은 씨앗을 묻고 토닥인다
괜찮아, 괜찮아,
내가 너와 함께 있을게,
다정한 온기에 얼었던 땅이 풀리고
탈각된 껍질을 벗은 씨앗들
힘을 다해 꽃대를 밀어 올린다
에덴의 경이驚異로 피워 낸 꽃
농부의 주름진 얼굴에도

환한 꽃들 만발하고 있다

콩 고르기

소반 위에 놓인 검은콩과 누런 콩
채도가 흐릿한 시간 속에서
갈등하는 손끝이 파르르 떨린다

기억을 골라내는 순서는 예측불허
가뭄이 들었던 계절의 후폭풍부터
퉁퉁 부르텄을 순간들을 불러 모아
콩, 콩, 콩을 고른다.

부풀어 오른 꿈의 방이 비좁아
꼬투리를 열고 튀어 나간 자식들도
헐렁한 품속에서 골라내었다

가끔은 옆구리에서 이웃들이 기웃대다 사라졌다

골라낸다는 건 어쩌면
뒤틀렸던 흔적이 위무에 닿는 평화
흔들렸던 한때의 그림자를 지우는 일이다

소반 위 불안에 떠는 콩들과
방향 없이 사라져 간 기억을 더듬는 그녀

남겨진 손가락의 습관이 숨을 고른다

지금은 떠나간 이름을 불러 보는 시간

나비매듭을 묶던 어느 봄날이었습니다

우기가 시작된 산간마을에는 코끼리들의 걸음이 빨라지고 있었습니다

대문 앞 사당에서 꽃잎들은 현란한 꽃점을 치고

마주치는 누구라도 라마스테!
별을 심듯 두 손을 가슴에 모읍니다

가장 환한 순간으로 멈추어 서 캄캄해진 우릴 밝혀 주던 꽃

이울어도 피어나는 향기에 눈을 감습니다

여름 내내, 소리 없이 우는 법을 터득한 엄마는
더 이상 사라져 간 꽃의 행방을 묻지 않습니다

이곳과 저곳, 모든 곳이 꽃의 영역이므로

공존하는 하늘을 갖게 되었으므로

떠나간 이름*을 가만히 불러 보는 사이
비는 여우처럼 지나가고 꼬리를 물고 따라 나온 햇살

발화의 경계를 지나온 향기가 멀리 번지고 있습니다

* 대학 신입생 MT를 마치고 돌아오다 예기치 못한 사고로 세상을 떠난 후
장학회를 설립하여 태국 산간마을 아이들에게 빛을 나눠 주고 있는 소녀
고(故) 정경영 1주기에

둥글어진 웃음

빠진 앞니 사이, 새어 나간 웃음으로
꽃잎은 무수히 피어나고 엄마 얼굴은 만발했었다

바람이 다가와 들여다보고
가만히 만져도 보고

꽃 진 자리의 배꼽, 별들이 내려와 귀를 대어 본다

까만 씨앗처럼 속울음 알알이 박히고

웃음은 점점 둥글어졌다

사람주나무에 이르는 동안

나의 이름으로 바람 앞에 서 있는

나무의 울음이 가팔랐다

총상꽃차례로 피어날 영광을 구현하고 싶어

도무지 닿지 않는 허공을 향해 내달리던 가지들

동지冬至에 숨을 가라앉히고 있다

돌아본 곳에선 역할을 잃어버린 달력 한 장이 펄럭,

오늘이 지나면 밤은 짧아지겠지만

어둠을 헤치던 뿌리는 깊어질 것이다

4부

너의 밤으로 갈까

이 골목의 밤은 미완의 사랑 같다

어슬렁거리는 그리움과 내일을 맞대 보는 청춘들의 객기,
접시만 한 꽃을 피워 들고 저녁을 달래는 담장, 그 아래 코
를 박은 강아지의 지린내까지

어둠에 물드는 것들을 간섭하느라
거북목이 되는 중이지만 난 괜찮다

홀로 선 사람은 다정을 기둥으로 대신하는 법이라서
담보 없는 빈 방과 함석집 고양이의 울음까지 시시콜콜
알려 주는 이 골목의 살가움이 좋다

붙박이로 있다 보니 사고가 경직될까 봐
나도 가끔 어둠에 잠겨 사유에 들곤 한다

진리는 항상 굽은 곳에 있다

비탈을 살아 내는 이 기울기는 너의 밤으로 가기 좋은 각도

퇴행을 앓는 발목에 녹물이 들겠지만
굽어살피는 신의 자세를 유지한다

깊숙이 떠나간 너를 찾을 때까지

나이트라인

거기 조금씩 줄어드는 내가 있습니다

매일 고개를 내밀고 뽐내는 사이 어두워진 세상에서

누군가는 추종하는 침대의 체제로 떠나고

누군가는 가는 빛줄기를 사수하다 절뚝이며 작은 문을 통과합니다

빛나는 별의 배후가 어둠이라는 역설에 허우적거리는 동안

희미해진 경계를 시간은 고요히 흐릅니다

밤과 낮, 대책 없는 이 어둠에서 빛까지의 거리는

아무것도 아닌 것이 아무것도 아닌 것이 아니라는 걸, 알·기·까·지

호객하기 좋아 걸어 두었던 얼굴을 내리고 불을 끕니다

여기서부터 밤!

복면처럼 코앞이 아득한 체제를 살던 나는

반쯤 지워진 지도를 들고 밤의 국경을 넘습니다

대답을 들려주지 않아도 괜찮아

골목에 앉아
낙타를 닮은 걸음의 본을 생각해 봤어

불안을 껴안고 터벅터벅 걸어왔던 발꿈치에 고인 피딱지

구름을 지고 사막을 건너온 눈에서
내일의 굽이에 무엇이 있는 줄 모르고 뛰노는 아이들의
발걸음이 스쳐 갔어

돌아갈 곳은 모래바람 이는 사막

두 무릎을 내려놓는 그곳에
무지개는 뜰까?

달을 품은 마을

달이 지지 않는 마을이 있다 시린 곳 가려 줄 담 하나 두르지 못한 바람의 언덕, 달을 품고 엎드린 집들이 있다

울음의 막간들을 등에 지고 저다지도 한 방울 두 방울로 흘러내린 둥근 고요는 차라리 봄빛 드는 오월 신부들의 방이다

무등無等의 세상을 꿈꾸며 서둘러 오지 못할 길을 달려간 청춘의 바퀴 소리들

공평하게 나누어 가진 하늘을 덮고 멍울진 꿈처럼 누웠는데 만월을 품었으니 머잖아 몸을 풀기는 해얄 것인데,

더디 오는 강물 소리를 듣는지 길목 쪽으로 돈은 귀들이 고요를 메운다

차가운 흉곽 속으로 차오르는 배태의 시간, 죽음이고도 산 자에게로 닿기 위하여 망월의 마을 위로는 하냥 달이 뜨고 있다

나는 빈 잠을 굴리는 사람

숙면이 빠져나간 검은 밤 속
흉몽처럼 나타났다 사라지는 풍경들을 굴린다

흑장미 몇 단을 싣고 큰길을 건너는데 몇몇이 빠르게 곁
을 지났으므로 덩달아 오른발에 힘을 주려다 핑, 꼬꾸라졌
는데 그 뒤로 하늘이 내려앉고

누가 고춧가루를 빻는지 매캐한 게 자꾸만 눈물, 콧물이,
비명을 말아 올리는 휘파람 소리, 콩 볶는 소리, 물결을 몰
아붙이는 풍차 소리,

아무리 페달을 밟아도 열리지 않는 길 앞에서 헛바퀴 돌
던 마음은 흰 잠 귀퉁이에 쌓이고 더 이상 한 치 앞도 보이
지 않아, 지워지지 않아,

눈 감으면 붉은 꽃잎 뭉개질 것 같아,
발작처럼 몰려오는 통증을 견디며 나는 흰 잠을 붙잡고
온 힘을 다해 바퀴를 굴린다

나는 빈 잠을 굴리는 사람

꽃 진 자리마다 환지통을 앓는 오월의 밤
뭉쳐진 어둠을 알약처럼 삼키며
앞서갈 수 없는 당신의 시간을 달린다

골목을 돌아 나올 새벽의 푸른 등이 보일 때까지

달 정원

토끼는 이제 그만 잊어 줘

너의 바깥을 좀 빌려줄 수 있겠니, 굴절된 빛을 모아 담을
두를 거야
문고리가 딸려 있어도 좋아

이 정원은 순환의 주기를 가지고 있으니
창백한 삭망의 밤은 묻어야겠다

안으로 닫아 건 상처들이 한번에 왈칵 쏟아질 것도 같은

나는 범람하는 슬픔을 가두고 글썽이는 눈동자
새털구름 가득한 얼굴로 오는 내일은 불투명하지

오늘 보낸 짓무른 달빛은
행여 네가 오는 길을 잃을까 계수나무에 걸어 둔 안부 중
의 하나

뒤편에서 모여 울던 이들이 떠난 후 색을 탐하던 붉음을
잊은 지 오래야

허공에 매달린 채 기울어지는 침묵이
이해는 안 가지만 오해는 할 수 없어

둥근 발끝에 구름이 엉기는 걸 보며
종소리로 울타리를 두른 정원을 거닐고 있어

순환의 메타포로 지는 달에 흰무리가 돋고
레인스틱 흔들고 간 자리 첩첩이 꽃비가 내리는데,

추억과 기억 사이 고르디우스 매듭*

　밤의 입구를 좋아하는 쥐들에겐 긴 꼬리가 있어요 길다는 건 기차를 만들 수 있는 장점이지만 뒤엉킬 수 있는 치명적 단점을 어쩌죠, 오래전 이곳에 신탁이 내려졌어요 견고하게 엉킨 매듭을 푸는 자 왕이 될 수 있다는데 아직일까요

　꼬리가 한데 묶인 쥐들이 원을 그리며 둘러서 있어요** 금방이라도 튀어나갈 자세로 두 손은 꼭 쥐었는데 한 걸음도 나갈 수 없네요 한때는 나도 저들 속에 끼어 발밑만 살피던 때가 있었죠 눈 딱 감고 아흐야, 내 묶은 꼬리를 자르기까지

　점 하나로 희비가 뒤바뀌는 일이 세상엔 참 많아요 점은 밤의 입구에서 자라나는 실속 없는 거짓말, 추억은 기억 속에 있지만 기억하는 모든 것이 추억은 되지 못해 추追와 기記 사이를 헤아리는 억億, 공통분모의 힘은 참 세기도 해요

　머릿속을 유빙처럼 떠다니는 기억이 한순간 나를 빠져나가도 가슴속 추억은 흐를수록 선명해져요 이쯤에서 신탁을

듣고 싶군요 무엇이 되지 않아도 좋아요 왕은 더더욱, 검은
기억은 잘라 내고 살아남은 추억엔 한번 더 채색을, 어떤가
요 당신,

* 대담하게 행동할 때만 풀 수 있는 문제를 일컫는 속담

** 카타리나 프리치 〈쥐 왕〉, 1993년 작

하염없는, 거리

교차로는 조바심치는 바다입니다

빨강으로 건너지 못하는 이쪽은 당신의 섬
파란 마음으로 건너갈 그곳은 나의 섬

건반을 누르며 건너가는 물결 뒤로 물거품이 입니다

섬과 섬 사이

회전하는 시간은 가쁘기만 한데
불안의 촉수를 세우고 깜빡이는 붉은 눈동자는 허공에 걸
린 조각배 한 척에 머물러 있습니다

닿지 않는 마음
하염없는, 거리

그래요 부디

파란 마음 한 조각 쪽배에 실어 보내니
당신, 휘도는 시간의 물살을 잘 건너가시길

간돌검

천년을 돌 속에 갇혀 살았다

당신이 빛나는 맹세를 길게 뽑아 들었을 때도 나는 무른 어둠이어서 한 걸음도 앞으로 나아갈 수 없었다

몇 날이고 바람비 내리던 우기 지나 돌 속에 고인 시간도 점성을 잃어 갈 즈음 가장자리부터 어둠을 헐기 시작했다

아무도 모르게 그림자를 숨기고 고여 있던 날들
서슬의 연금술로 고집만 들어차 있는 중심을 갈고 갈았다

버리고 비워야 비로소 읽히는 경전같이 어느 바람도 닿지 못할 곳에서 제 몸을 찢고 돋아난 한 줄기 빛나는 도끼

들러붙던 어둠이 잘려 나갔다

보이지 않은 것들의 증거 방식을 나는 안다 손바닥만 한 구름이 떠오를 때 폭우를 감지했던 예언자처럼 단단한 어둠

속에서 직선에 가까운 빛줄기를 캐냈다면
　기울기의 방향은 중요한 단서가 된다

　구름이 걷히고 있다 희미하게 보이는 봉우리들, 비를 긋
던 투명한 시간 앞에 오래 서 있던 그림자가 고개를 숙이며
돌아 나간다

　이제 당신을 무기라 해도 손색없겠다

일요일엔 차를 즐겨요

기분이 가라앉을 땐 차를 즐깁니다
미궁을 찾아가는 나만의 보법이지요
걸어서 갈 수 없는 거리를 돌아보는 데는 이만한 것도 없
습니다

뿌연 길을 따라 펼쳐지는 신생의 설렘과 소멸의 아쉬움

완고한 직선의 인생을 빠르게 달리다 보면
풍경이 되어 주지 못한 채 언저리로 사라진 것들이 떠오
릅니다
잘 밀봉된 서류봉투 점선처럼 그어진 경계들
어떤 길은 가지 않을 때 탁월한 선택이 되기도 합니다

깜빡이도 없이 불현듯 끼어든 이들은
가볍거나 빠른 경향이 있습니다
어디에도 붙잡히기 싫어 속도를 뒤집어 위반을 무릅쓰지만
병목을 비틀 수는 없는 법이죠

존재 방식에 따라 끓는점이 다르다는 것을 알고 있나요

허기질수록 뜨거워지는 이쪽의 방식과
점유할수록 서늘해지는 저쪽의 방식이 대치하고 있는 담장
넝쿨장미 발랄함만 폐쇄된 시간을 건너고 있습니다

오늘은 고딕스러운 일요일 오후
그럴듯한 옷을 입고 피안과 차안을 달리다
길의 어깨에 기대어 맑은 차 한 모금 마셔 봅니다

가라앉은 기분에 별 하나 띄운
연둣빛 세작 한잔, 어지러운 심사는 궁륭 속으로 흐르고
난 다시 가볍게 미로를 즐깁니다

글을 낳는 집*

오늘 낳은 아이에겐
어떤 색의 문장을 입힐까

벼린 붓을 들고
갓 태어난 몸말의 용태를 살피는 필경사들
떠도는 낱글자를 모아 끌동을 잇는다

빛이 타는 뜨락에 피어나는 꽃들
어느 색을 입어도 기쁨이 되는 향기는
가늘게 떨리는 영혼의 허밍 같아라

거친 세상 꽃 한 송이 보태는 마음으로
화음花音을 옮겨 적는 필경사의 노고에
꽃 진 자리 희게 돋는 절창이여

뒤란 오죽의 마디를 딛고 계절은 건너고
난 심연을 달구던 죽로차 한잔으로 혀를 씻는데

돌리던 배를 잡고 산방으로 들어가는 저녁
사각사각 몸푸는 산고 소리 고요를 뚫는다

* 전남 담양군 용대리 창작집필실

구두점을 찍고 싶은 계절

구원을 가져다줄 구두를 바라보고 있어요
시작은 빛나는 코를 가지고 있군요
그것은 어루만지는 높이를 가진 자들의 내력
세상은 끌고 가지 않으면 끌려가게 된다는데
변치 않길 바란다면 진정 변해야 한다는데
떨쳐 내지 못한 어둠을 어떡하죠,
봄을 잃은 기억 위로 비가 내리고 있어요
격리된 시간만큼 격분은 늘고
가벼워진 사람들은 자꾸만 여기를 떠나 저기로 가고
위태로운 안부에 너도나도 안면을 숨겨요
이대로 가다간 심장을 하나쯤 더 구해야 할 것 같아요
나비의 날갯짓에 닳아진 바위가 증인이 되는 저녁
겁, 겁이 나요
마음 없는 곳에서 미움만 키우다 미구微軀가 된 느낌이랄까
당신 오는 소리에도 팔을 벌릴 수가 없네요
쉽게 쓰고 쉽게 버리는 동안
물색 모르는 질문들만 가지를 뻗고 있어요
이쯤에서 구두점을 찍으려면

거죽만 남은 입 큰 짐승의 질긴 울음을 삼켜야 하는데
손끝이 떨려 와요
부디, 가는 길이 아름다울 수 있길
뜻을 얻고 무사히 멈출 수 있길
빛나는 코가 들썩,
구두는 떠날 준비가 되었나 봐요

흘러내리는 결론을 붙들어 앉히고

과한 안부가 쏟아졌어요, 난 달아났죠

지형 따라 색이 바뀌는 수국을 보며 하루를 보냈어요

낯선 길에서 만난 위로자는 입이 없네요

둥근 심사를 미처 다 헤아리지 못했어요

향기를 묻고 날아올랐습니다

지상의 일들이 꿈결처럼 발아래로 흘러가더군요

먼바다로 나갔던 배들이 등대의 빛으로 돌아오고

떠나는 사람의 등과 돌아오는 사람의 얼굴

벌어진 시간의 틈 사이로 노란 나비가 날아요

그리움은 벌레집 속 애벌레 같아요

길이 다한 곳에서 필사적으로 펼쳐 보는 날개

이륙을 위해 힘을 다 써 버린 탓에 다리가 풀리고 있어요

남아 있는 나를 지키려고 안전벨트를 맵니다

또 다른 시작으로 가는 길의 끝에서

흘러내리는 결론을 붙들어 앉히고

구름을 벗어난 하늘 위의 하늘로 눈을 돌립니다.

회귀적 기울기

그립다는 말을 뭉뚱그리면 서쪽이 됩니다
어쩌자고 부끄럼만 주는 노을을 동경하였을까요
사랑과 구원은 정말 별개일까요
한때는 누군가의 꿈이었을
고하도* 빈집 낡은 의자에 앉아
부풀다 꺼지는 것들의 미화된 세계를 생각합니다
줄이 끊겨 울리지 않은 전화벨 소리
아침저녁 바다를 들여놓던 창틀은 기울어져 있습니다
공호空을 향해 걸어갔을 무거운 발과 텅 빈 손
흔들리는 그림자 뒤로
고요는 꽃잎처럼 그렇게 내려앉았겠죠
그 어떤 악착으로도 어쩌지 못하는 이 예각을
회귀적 기울기라 말하고 싶습니다
달리 방법을 찾지 못해
필사적으로 기운 외벽을 붙잡고 있는 담쟁이
뒤엉킨 채 뻗어 나간 줄기만큼이나
지리멸렬한 미로를 우리는 세상이라 부릅니다

* 전라남도 목포시 유달동에 있는 섬

구두점 없는 앓음의 시

이병국(문학평론가·시인)

구두점 없는 앓음의 시

김휼 시인의 시집 『너의 밤으로 갈까』에 실린 상당량의 시는 묵직한 슬픔을 서사화하고 있다. 특히, 시집을 여는 시인 「식물의 시간」이 그러하다. 이 시는 "여섯 살"에 병상에 누워 "스물세 살"이 된 지금까지 "식물의 시간"을 보내고 있는 아이와 "병실 창밖의 구름을 이불로 삼고" "출구 없는 침묵"을 보듬으며 아이를 돌보는 어머니를 그리고 있다. 대뇌의 이상으로 인해 의식이나 운동성은 없으나, 호흡과 순환은 유지되는 상태인 식물인간은 식물처럼 살아는 있으나 움직이는 것이 불가능한, 다시 말해 의식이 사실상 없는 상태를 광범위하게 지시하는 용어이다. 뇌사와는 달리 뇌의 기능이 기적적으로 회복될 가능성도 존재하지만, 그 기적을 믿고 수년, 수십 년을 생명유지 장치를 사용하여 연명하는 일은 그와 같은 존재를 돌보는 이에게는 헤아릴 수 없을 만큼의 가혹한 고통과 슬픔이 될 것이 분명하다. 「둥글어진 웃음」을 나란히 놓고 보면 비극은 가중된다. "빠진 앞니 사이, 새어 나간 웃음으로/ 꽃잎은 무수히 피어나고" 그로 인해 "엄마 얼굴" 역시 밝게 피게 했던 시간은 이제 더는 없다. 꽃은 지고 그 자리에 "까만 씨앗처럼 속울음 알알이 박"힐 따름이다. 행복으로 충만했던 시간을 되돌릴 수 없는 어머니의 마음은 어떠할까. 상실을 부재로 만들지 않기 위해, "희번덕 눈을 뒤집어 고요를 좇는 아이를 놓칠세라 어미는 잎사귀 같은 손을 붙잡고 시들어"만 간다(「식물의 시간」). 도대체 어떤 "원죄"를 지녔기에 "무덤으로 난 비좁은 길을 가고 있어"야만 하는 것일까(「에덴의 기울기」), 속으로만 우는 울음을 언제까지 지속해야만 하는 것일까. 고통스러운 시간을 견뎌 낸 후 빛을 얻는다고 해도 이미 상실한 것을 되돌릴 수 없다면 그 빛은 무슨 의미가 있는 것일까.

아무리 묻고 고민한다 해도 적절한 답을 구할 수는 없을 것임을 우리는 안다. 고통스러운 상황에 놓였을 때 분노하고 탄식하는 것은 마땅히 필요한 노릇이지만, 그것이 과도한 격정이 되지 않도록 슬픔을 다스리는 것도 필요하다. 분노와 탄식 이후, 그 너머를 바라볼 수 있도록 단정함을 유지하는 것, 그것이 시인이 수행해야 하는 바인지도 모른다. 어떤 면에서 이는 세계의 아픔을 대속하는 시인의 역할과 유사한 맥락처럼 보인다. 아이를 잃을지도 모를 어미의 고통, 반대로 어미를 잃은 자식의 슬픔과 "지붕을 잃고 싶지 않아" 그저 "가두고 지키는 일에 생을 걸"어온(「설합」) 이들의 불안 등 이러저러한 아픔에 공감하고 그 곁에서 함께 앓는 존재로서 김휵 시인이 『너의 밤으로 갈까』를 통해 보여 주고 있는 바가 그러한 것처럼 말이다.

무너질 것만 같은 존재의 곁에 머물며 마음을 애쓰는 일은 쉽지 않다. 그럼에도 「퇴행성 슬픔」에 형상화되었다시피 "귀가 깊어 누군가의 말을 들어주는 일을 도맡"는 일이 시인의 길일 것이다. 바깥의 슬픔을 다독이다 자기 안의 슬픔을 앓게 되더라도 그 고통을 감내하며 버티려는 안간힘을 통해 "누군가 시름 깊은 방에 들어 푸른 잎사귀 몇 장 머리맡에 두고" 갈 수 있다면 "옹색한 옹이를 창 삼아 세상과 단절을 면하"는 것은 물론이고 구체적 슬픔의 안쪽에서 손을 내밀어 소소한 일상을 재건할 수 있도록 서로가 서로를 돕는 일이 가능해질 것이다. 물론 이것을 기능적이고 정합적으로 복무해야만 하는 시적 수행으로 받아들여야 하는지 의문을 제기할 수도 있다. "세상을 등지고 떠난" 이의 몸이 가로 누워 있는 수평으로서의 "지평선은 이분할 수 없는 슬픔의 절취선"임을 알기에(「지평선, 가로는 선해요」) 선명하고 즉각적인 고통과 그것이 필연적으로 불러일으키는 슬픔 곁에서 섣불리 공감의 윤리를 들먹이기 어려운 것도 사실이다. 그러나 "어렴풋한 밑줄 위로 빈손의 저녁"(「지평선, 가로는 선해요」)으로서 자신을 누

이는 일이야말로 슬픔이 야기하는 감정의 낙차를 메울 수 있기에
그러한 시적 진정성은 요구될 수밖에 없다.

울음을 재운 돌 속에선 종종 주먹이 나옵니다

구르다 닳아진 돌이 숨겨 놓은 모서리를 알고 있나요

나는 모서리를 숨기고 구르는 돌
아무도 거들떠보지 않는 곳에서 구르다 차이기 일쑤입니다

그것은 돌이 새가 되는 기찬 방식
더러운 기분이 표출되는 허공엔 멍투성이입니다

(……)

공개할 수 없는 기분을 안고 바닥을 굴러도
구르다 차이고 다시 굴러도
골리앗의 이마를 명중시킬 단단하고 야무진 꿈은 쥐고 있어요

가끔 부싯돌이 되어 당신 심장에 불을 켜고 싶은 나는
모서리를 숨기고 구르는 돌

종주먹으로 종종 오늘의 기분을 대신합니다

— 「돌의 기분」 부분

시적 화자인 '나'는 완전무결하거나 모난 데 없이 둥글둥글한 삶을 영위하지 못한다. 세계로부터 끊임없이 상처받으며 "아무도 거들떠보지 않는 곳에서 구르다 차이기 일쑤"이기 때문이다. 이를 "새가 되는 기찬 방식"으로 전유한다고 해도 "더러운 기분"은 어쩔 수 없기만 하다. 세계로부터 소외된 '나'에게 주어진 공간은 그 무엇도 허락되지 않은 "멍투성이"의 "허공"뿐이다. '나'에게는 그 어떤 언어도 허락되지 않으며 안정적인 자아상을 구축한 계기를 마련할 기회조차 주어지지 않는다. 그런 상황에서 '나'는 내면에 "모서리"를 숨겨 놓고 있다. 그러나 그것은 경험의 실증성에 기초하지 않으며 주체의 구성적 행위의 결과값으로 도출된 것도 아니다. 그저 "골리앗의 이마를 명중시킬 단단하고 야무진 꿈"의 기대지평일 따름이다.

폴 리쾨르는 인간은 자기 해석적 동물이라 주장하며 좋은 삶은 각자가 품은 완성에 대한 이상들과 꿈들로 이루어진 성운이라서 이에 따라 하나의 삶이 다소간 완성되거나 미완성된 것으로 판단된다고 하였다. 즉 자신이 해석한 어떤 이상들과 그것을 향한 개별 존재의 구체적인 행위의 실천에 따라 삶의 양태가 달라질 수 있다는 이야기이다. 이를 바탕으로 "어둠 속을 뻗어 가는 뿌리는 절망에서 멀어"(「침묵의 문장들」)진다는 것을 염두에 둔다면, 저 "모서리"가 지닌 기대지평이야말로 '나'의 삶의 양태를 재구성할 수 있는 새로운 정체성이 될 수 있음을 무시할 수 없다. 세계를 향해 "종주먹"을 들이대며 "오늘의 기분을 대신"하는 일, 자폐적인 존재가 되지 않기 위해 보다 능동적인 삶에 대해 간절함을 희구하는 일이야말로 '나'를 "바닥을 굴러도/ 구르다 차이고 다시" 구르기만 하는 존재에서 "울음을 재"워 슬픔에 매몰되지 않도록 자신을 재정립하는 존재로의 전회(轉回)를 가능하게 한다.

「알리움 알레고리」에서도 드러나는 것처럼 "벼린 내 모서리들이 둥글어지고 있는 건 고요의 힘인지 짚을 길 없는 허방의 힘인지" 알 수 없지만, "안다고 하는 것이 진정한 앎"인지 의심할 필요가 있다. 단순히 아는 것만으로는 공감으로 이어지지 않으며 구체적 실천으로 나아갈 수 없기 때문이다. 구체적 실천이 부재한 앎은 "떠밀려 간 꿈들을 무망하게 바라보"거나 "쓸쓸히 짓무른 만가를 부르"며(「달을 위한 레퀴엠」) 자학적 혹은 패배자적 태도에 '나'를 머무르게 한다. 그러므로 세계를 전복할 수는 없더라도 종주먹을 들이대며 "오늘의 기분"을 표출하는 행위가 필요한 것인지 모를 일이다. 이러한 실천적 행위는 '나'를 전유해 타자의 고통에 닿는 일이기도 하다.

이건 코끝의 이야기

들숨과 날숨 사이에 숨겨진 검은 웅덩이

두터운 어둠에 대한 이야기입니다

나는 그곳에서 유영하던 물고기였어요

지느러미 살랑이며 바다와 하늘을 횡단했지요

싱싱한 꿈이 마를 날 없던 연못에 구름이 내려오던 날

아찔한 깊이에 별빛을 세워 놓고 엄마는 사라졌어요

보이지 않게 존재하는 것들은

사이를 갖고 있어 순간을 낚아채는 힘이 세지요

매일 코끝에서 증식하는 숨결이 밤이면 검은 웅덩이를 만들었
어요

한도 없는 깊이에 빠져 허우적거리는 사람들

이봐요, 부디 코끝의 숨을 믿지 말아요,

자궁을 뒤집으면 무덤이 되고 마는 불편한 진실

아침이면 콧노래가 그것들을 옹호해도

어둠이 일제히 입을 여는 순간 명랑은 딱, 거기까지랍니다

—「숨 속에, 움 속에, 툼」 부분

「식물의 시간」이 식물의 시간을 버티고 있는 아이와 그를 돌보는 어미의 비극을 그려냈다면 「숨 속에, 움 속에, 툼」은 엄마의 부재로 인해 죽음을 사유하게 된 자식의 비극을 재현하고 있다. "코끝에서 증식하는 숨결"이라는 표현으로 짐작할 수 있는 바는 엄마가 인공호흡기를 통해 연명해 왔다는 점일 것이다. 엄마가 느낄 실제적 고통의 양상은 알 수 없지만 죽음을 목전에 둔 이를 바라보는 화자의 고통은 여실하게 감각된다. 엄마의 "들숨과 날숨 사이에 숨겨진 검은 웅덩이"에서 "유영하던 물고기"로 자신을 명명하는 '나'는 그곳에서 "바다와 하늘을 횡단"하며 "싱싱한 꿈"을 꾸었지만 기실 그것이 엄마라는 안식처에 머물러 영위하던 안온함이었음을 엄마의 부재로 인해 깨닫게 된다.

이 시의 곁에 「꽃게에게 해명의 시간을,」이란 시를 나란히 놓으면 엄마는 '나'의 "이름 속에 꽃씨를 심어 주고 먼 길 떠"난, 즉 죽음으로 인해 영영 부재하게 된 정황을 짐작할 수 있다. 이때 엄마는 '나'에게 삶의 "기준은 나여야 한다"는 가르침을 남긴다. 이는 "정면의 삶은 신기루"이기에 "세상의 측면을 다 읽어 낼 때까지 풍경 속을 걸어야 한다"는, 다시 말해 "옆으로 걷는 일"에 대한 인식으로 이어진다. "옆으로 걷는 일은 슬픔을 밀어내기 좋은 방식"이라고는 하지만 이 말에 담긴 진실은 옆을 읽어야 한다는 것, '나'를 중심에 두되 정면에 보이는 세계가 아니라 측면에 담긴 세계의 진실을 직시해야 한다는 점이다. 이는 겉으로 드러나는 것이 아니라 "보이지 않게 존재하는 것들"이 지닌 "사이"의 균열을 감각함으로써 "한도 없는 깊이에 빠져 허우적거리는 사람들"의 고통을 응시해야 한다는 깨달음으로 연결된다.

　"자궁을 뒤집으면 무덤이 되고 마는 불편한 진실"은 태어나는 순간 죽음을 향해 가는 삶의 비극성과 "누군가의 죽음으로 삶이 된 오늘이 기적"임을 동시에 내포하고 있다. 삶이 죽음과 밀접하게 연결되어 있기에 당연하게 받아들였던 삶의 양태를 옆에서 혹은 다른 방식으로 바라보는 시선의 확장이 요구되는 것이다. 그러나 "곁이라는 바깥은 얼마나 깊은 고독인지"(「마트료시카」) 우리는 알지 못한다. 옆을 본다는 것, 그것은 곁이라는 바깥을 향해 고개를 돌려 들숨과 날숨 사이에 숨겨진 수많은 존재들의 검은 웅덩이를 '나'의 삶으로 가져와 사유해야만 하는 고통스러운 일이기도 하다. 그것은 "엇갈린 실선에 숨어 경계 밖으로 서로의 그림자를 밀어"(「네트멜론」)내는 존재를 모두 끌어안으며 그림자에 깃든 비극적 정동조차 환대함으로써 장-뤽 낭시가 이야기한 공동-내-존재처럼, 타자와 목적 없는 나눔을 나누고 함께 있음 자체를 나누는 무위의 공동체를 형성하는 수행이 된다.

　　내가 좇던 무지개는
　　주인을 물고 날뛰는 무지한 개의 비명
　　반짝인다고 생각했던 별들은

굶주린 하이에나의 눈빛이었죠

(……)

그거 알아요? 날카로운 비명을 삼킬 용기가 없다면
어두워지는 일에 우린 익숙해져야 해요

—「슈뢰딩거의 고양이」 부분

맥락 없는 독백이 길어지던 날
쓸쓸함이 오름직한 언덕쯤에서
꽃차례로 피어나는 슬픔을 보거든
나지막이 그 이름 곁에 새, 라는 말을 우리 붙여 주기로 해요

할미새, 슴새, 억새,
헐거나, 헐한,
격하게 파고드는 통증의 음절들로 피눈물이 날지라도
날개를 달고 신탁을 말하는 새가 그 곁에 내려앉으면
억겁으로 뭉쳐진 고통도 말랑해질 수 있을 거예요

—「억새」 부분

"아무것도 할 수 없었어요"라는 구절로 시작되는 「슈뢰딩거의 고양이」에서 화자는 자신이 "좇던 무지개"를 "무지한 개의 비명"

으로 빗댄다. "반짝인다고 생각했던 별들"이 기실 "굶주린 하이에나의 눈빛"이었던 것처럼 타자의 고통에 가 닿으려는 시인의 시적 수행은 무지의 소산이자 헛된 욕망의 어긋남으로 전락할 위험이 다분한 것도 사실이다. 타자를 목적 없이 환대하며 서로를 나누는 행위는 주체와 타자 공동의 노력이 필요한 것인지도 모르기 때문이다. 그러나 "곁이라는 바깥은 얼마나 깊은 고독인지"를 알고 있는 지금, 타자의 고통을 '나'의 곁에 두어 감정을 나누는 일은 "날카로운 비명을 삼킬 용기"를 필요로 할 만큼 어려운 일이라는 것을 우리는 알고 있다. 그러한 용기가 없다면 "어두워지는 일", 그 고독에 익숙해져야만 한다. 그 고독과 더불어 "눈 감아야 선명해지는 것들"의 실체를 받아들이려는 노력이 이어져야 하는 것이다. 「억새」에서 "꽃차례로 피어나는 슬픔"에게 "새, 라는 말"을 붙여 "헐거나, 헐한,/ 격하게 파고드는 통증의 음절들"을 나누며 "피눈물이 날지라도" "그 곁에 내려앉"고자 하는 시인의 마음처럼 말이다. 그럴 때야 비로소 "억겁으로 뭉쳐진 고통도 말랑해질 수 있을" 것이라 조심스럽게 말할 수 있으리라. 철학자 미란 조보비치는 진정한 의미에서의 사랑을 낳는 것은 사랑하는 자인 타자가 내 안에서 보는 것과 사랑받는 자인 내가 나 자신에 관해 상상하는 것 사이의 근본적인 불일치라고 하였다. 그 역(逆) 또한 마찬가지이다. 개별 존재의 본질과 서로를 향한 상상의 불일치로부터 사랑이 비롯되고 또 타자를 향한 환대가 가능한 것이겠다.

김휼 시인은 수평과 수직의 이미지를 차용하여 수평적 위치에 존재를 위치시켜 죽음을 상기시키고(「지평선, 가로는 선해요」) 수직적 형태로 삶의 희망을 맥락화하기도 한다. 이를테면, "분질러진 꽃송이를 줄기차게 밀어 올리는 꽃대의 방식"은 폭력적 세계에 "빗금을 그"어 타자를 지키는 힘이자 "풀뿌리 두드리다 스며드는 빗방울의 낮은 형식으로/ 젖은 생을 끌고 가는 한 줄 착한 문장"을 적어 가는 이들의 "둥근 직선"의 실천을 이끌어 내는 것처럼 말이다(「선,」). 위안부 수요집회를 다룬 「선,」이 형상화하고 있는 바야말로 김휼 시인이 요청하는 "날카로운 비명을 삼킬 용기"를 내어 "꽃차례로 피어나는 슬픔"에게 "새, 라는 말"을 붙여 "억겁으로 뭉쳐진 고통"에 공감하는 한편 소외되고 배제된 타자의 곁을 지키고 그들을 환대하고자 하는 실천적 수행의 양태라 할 수 있다.

이러한 시적 지향을 김휼 시인은 「부재」를 통해 간장독의 시간으로 그려 내기도 한다. "미역국을 끓이며/ 사람으로서는 할 수 없는 일들을 생각"하는 화자는 존재가 지닌 "검은 어둠"을 순하게 다스리는 힘으로 전유하여 "곰삭은 어둠의 맛"을 풀어낸다. 그리하여 시인은 "오래도록 빛을 품고 깊어지는" 간장독의 어둠을 통해 "누군가의 생에서 어둠은 빛보다 더 빛난다"는 삶의 진실을 우리에게 펼쳐 보인다. 물론 이 어둠은 '부재'라는 제목이 상기하듯 존재에게 가장 소중한 무엇인가를 상실한 상황을 견뎌 내는 과

정에서 비롯된다. 조금 아프게 말하자면 이는 어쩌면 "갈라진 뒤꿈치로 길을 닦던 그녀"(「불 꺼진 얼굴」), "아들보다 하루만 더 살겠다던 꿈을 이루지 못한 채/ 한 호흡 한 호흡 삶의 계단을 내려가던 그녀"(「머뭇거리는 침묵」)인 엄마의 죽음이라는 결정적 사건에 말미암는 것인지도 모르겠다. 가장 사랑하던 존재의 곁에서 삶을 지워 내고 그 부재를 견뎌 낸 이후에야 비로소 타자의 어둠을 빛으로 사유할 수 있게 되는 것이다. 그 "뒤틀렸던 흔적이 위무에 닿는 평화"는 "흔들렸던 한때의 그림자를 지우는 일"이면서 "방향 없이 사라져 간 기억을 더듬는" 데에서 비롯될 것이며(「콩고르기」) 그 연후에 "어둠을 헤치던 뿌리는 깊어질 것"(「사람주나무에 이르는 동안」)이라는 깨달음을 김휼 시인은 우리에게 전하는 듯하다.

이 골목의 밤은 미완의 사랑 같다

어슬렁거리는 그리움과 내일을 맞대 보는 청춘들의 객기, 접시만 한 꽃을 피워 들고 저녁을 달래는 담장, 그 아래 코를 박은 강아지의 지린내까지

어둠에 물드는 것들을 간섭하느라
거북목이 되는 중이지만 난 괜찮다

홀로 선 사람은 다정을 기둥으로 대신하는 법이라서
담보 없는 빈 방과 함석집 고양이의 울음까지 시시콜콜 알려 주
는 이 골목의 살가움이 좋다

붙박이로 있다 보니 사고가 경직될까 봐
나도 가끔 어둠에 잠겨 사유에 들곤 한다

진리는 항상 굽은 곳에 있다

비탈을 살아 내는 이 기울기는 너의 밤으로 가기 좋은 각도

퇴행을 앓는 발목에 녹물이 들겠지만
굽어살피는 신의 자세를 유지한다

깊숙이 떠나간 너를 찾을 때까지

— 「너의 밤으로 갈까」 전문

"기다림을 한 줄로 요약하면 골목이 남는다"(「외딴 문장으로
남은 저녁」)고 했던 시인은 "골목의 밤은 미완의 사랑"이라고 말
한다. 기다림 속에서 지연되는 사랑처럼, 골목은 불완전한 양태로

존재의 삶에 위치한다. 그럼에도 특유의 정서를 불러일으키며 우리 안에 머물러 있다. 주지하다시피 골목은 도시의 화려한 길과는 사뭇 다른 지점을 점유한다. 자본주의적 욕망으로부터 빗겨나 있는 골목에서 우리는 "불안을 껴안고 터벅터벅 걸어왔던 발꿈치에 고인 피딱지"(「대답을 들려주지 않아도 괜찮아」)를 살피며 힘들게 지나온 삶을 다독인다. 그리고 그곳에서 "청춘들의 객기"와 "저녁을 달래는 담장", "강아지의 지린내"를 마주하며 안온함을 느낀다. 어쩌면 그 이유가 타자의 삶으로 충만한 "웃음소리 맴도는 길 그 끝에 돌아갈 내 집"(「외딴 문장으로 남은 저녁」)이 있기 때문인지도 모른다. 타자와 더불어 존재하는 골목 안의 집은 그 어떤 외부의 강제와 억압으로부터 우리를 보호하는 장소가 된다. 그리하여 "담보 없는 빈 방과 함석집 고양이의 울음까지 시시콜콜 알려 주는 이 골목의 살가움"은 타자를 향한 환대를 가능하게 한다. 이러한 집은 자본주의적 체제에 귀속되지 않는 친밀함의 공동체로써 존재의 시원을 상상적으로 재구성한 것에 불과할 수도 있다. 그러나 골목과 집이 우리에게 불러일으키는 공동의 기억은 이를 상상적 층위에만 존재하는 것이 아닌 실재의 그 무엇으로 간주하게끔 한다. 그만큼 오랜 시간에 걸쳐 축적된 삶의 장소이기 때문일 것이다.

그곳에서 시인은 "진리는 항상 굽은 곳에 있"기에 "비탈을 살아내는" 기울기를 긍정한다. 그 기울기는 마치 이 세상을 "굽어살피는 신의 자세"로 타자를 향해 몸을 기울일 수 있도록 한다. 그런 점에서 진리란 몸을 기울여 다가가는 행위에 있는 것인지도 모른다. 물론 이러한 행위에는 주의가 필요하다. "굽어살피는 신의 자세"라는 비유로 말미암아 타자의 고통을 살피는 태도가 타자에 대한 연민에 함몰될 위험이 있기 때문이다. 연민은 연민의 대상을 우월한 위치에서 '굽어살피는' 와중에 느낄 수 있는 감정이다. 이는 힘의 불균등이라는 위계를 발생시키며 일종의 권력 행사로 변질될 수 있다. 그리하여 타자를 향한 주체의 기울임은 타자를 주체의 권력 밑에 종속시키는 동시에 타자성을 유지하여 관리하고자 하는 부조리를 낳게 된다. 정치학자인 웬디 브라운은 타자에 대한 정의의 문제가 타자에 대한 감수성과 존중의 문제로 대체될 때, 역사적 배경을 가진 고통들이 단순한 차이와 공격성의 문제로 환원되고 그 고통이 개인의 감정 문제로 여겨질 때, 정치적 투쟁과 변혁의 문제는 특정한 행동과 태도, 감정의 문제가 되어 버린다고 지적했다. 이는 신자유주의적인 다문화주의 담론의 위험성을 지적하는 것이다. 이러한 브라운의 지적을 전유하여 말하자면, 타자가 경험하는 고통을 그저 한 개인의 감정적 문제로 지적하는 것, 그리하여 이를 존중의 층위에서 해결하려고 하는 것은 타자를 주체와 다른 존재로 분리, 구분하여 사유하는 것에 불과하다. 타자의 고통을 '나'의 고통의 맥락과 연결지어 공감하기보다는 해결해야만 하는 어떤 것으로 간주하는 일이기 때문이다.

그런 위험을 피하기 위해 김휼 시인은 '나'를 "너의 밤으로" 데려가고자 한다. 이는 골목이 너와 내가 함께 공유하는 삶인 것처럼 '너의 밤'이 '나의 밤'과 다르지 않아 그것을 공유하고 나누고자하는 행위로 이어진다. 물론 이때 주체는 타자와의 차이를 분명히하여 타자를 주체에 귀속시키지 않는 것이 중요하다. 섣불리 타자와 주체를 동일시할 경우, 그것은 환대가 아닌 연민으로 전락할 수 있기 때문이다. 그러니 "존재 방식에 따라 끓는점이 다르다는 것"을, "허기질수록 뜨거워지는 이쪽의 방식과/ 점유할수록 서늘해지는 저쪽의 방식이 대치하고 있는 담장"을 인식하고 "길의어깨에 기대어" 사유할 필요가 있는 것이다(「일요일엔 차를 즐겨요」). 김휼 시인이 시집 『너의 밤으로 갈까』의 여러 시편에서 재현한 바가 바로 이러한 사유에 기대어 있다는 걸 알 수 있다. 죽음의 이미지를 재현하면서 그로 인해 발생하는 구체적 슬픔의 안쪽을 반복하여 내보임으로써 '너의 밤', 즉 타자의 고통을 함께 앓는시인의 시적 윤리가 그것이다. 나아가 "떨쳐 내지 못한 어둠"을 어쩌지 못한 채 "구두점을 찍"어(「구두점을 찍고 싶은 계절」) 끝을맺기보다는 함께 어둠과 밤을 앓음으로써 "또 다른 시작으로 가는 길의 끝에서// 흘러내리는 결론을 붙들어 앉히고// 구름을 벗어난 하늘 위의 하늘"(「흘러내리는 결론을 붙들어 앉히고」)을 바라보고자 한다. 그리하여 김휼 시인의 시는 구두점 없는 앓음을 지속해 나가는 것인지도 모르겠다. "안으로 닫아건 상처들이 한번에 왈칵 쏟아질 것도 같은", 그래서 "범람하는 슬픔을 가두고 글썽이는 눈동자"(「달 정원」)로 "빈 잠을 굴리는"(「나는 빈 잠을 굴리는 사람」) 김횰 시인의 시가 아프게 읽히는 건 그 때문이리라. "부디, 가는 길이 아름다울 수 있길/ 뜻을 얻고 무사히 멈출 수 있길"(「구두점을 찍고 싶은 계절」) 바라는 마음을 시인의 곁에 덧대본다.